반을 지운다

파란시선 0013 반을 지운다

1판 1쇄 펴낸날 2017년 7월 29일
지은이 이범근
펴낸이 채상우
디자인 최선영
펴낸곳 (주)함께하는출판그룹파란
등록번호 제2015-000068호
등록일자 2015년 9월 15일
주소 (07552) 서울특별시 강서구 공항대로 59길 80-12, 3층(등촌동)
전화 02-3665-8689
팩스 02-3665-8690
모바일팩스 0504-441-3439
이메일 bookparan2015@hanmail.net

ⓒ이범근, 2017, printed in Seoul, Korea

ISBN 979-11-87756-08-8 04810
　　　 979-11-956331-0-4 04810 (세트)

값 10,000원

*이 책의 국립중앙도서관 출판예정도서목록(CIP)은 서지정보유통지원시스템 홈페이지
　(http://seoji.nl.go.kr)와 국가자료공동목록시스템(http://www.nl.go.kr/kolisnet)
　에서 이용하실 수 있습니다.(CIP 제어번호: CIP2017017556)
*이 책은 2012년 서울문화재단 문학창작집 발간 지원 사업의 지원을 받아 발간되었습니다.

반을 지운다

이범근 시집

시인의 말

얼룩은 다시 물기로 돌아갈 수 없다
물기가 다시 눈 속의 수심이 될 순 없다
사라진 것은 남을 수 없다는 당연의 세계에서
나는 사라진 것도 남은 것도 아닌 형체들을
오래 들여다보았다
떨어지는 낙엽을 내 가여움만으로
다시 공중에 띄울 수 있었던 날들
나는 사라져서 남은 헛것들에게 빛이 많다
기적을 갈아 치울 때
나는 스스로 발가벗었다

차례

시인의 말

제1부

제2부

제1부

우기(雨氣)

잠긴 안방에선 며칠째 빗소리가 들린다

뒤틀린 장롱 문짝
몸이 닫히질 않는다
혼자 낡은 옷가지를 태우는지
검은 연기 속에서 흘러나오는
약호들

샹들리에에 걸린 구름과
몇 달째 넘기지 않은 달력
오늘은 오래되고
숟가락이 손목을 들어올린다

누구나 눈썹이 드문 영혼이 되어
한 뼘의 공중을 흘러 다닌다

며칠째 돌아눕는 소리가 들린다
그는 우리를 가둔다
아직 밥상에 없는 사람

십일월처럼

혜는 햇빛 속에 있다
나는 향초의 심지를 자른다
뺨을 지나 음모에 다다른 손이
그을음에 젖는다
화분이 저절로 시드는
혜의 품 안엔 모래가 씹히는 밤이 많다
도루묵이 담긴 냄비 속에
조밥 같은 알들이 쏟아지는 십일월
환청을 듣는 동공이 조여졌다 풀어질 때
혜의 흐느낌엔 난시가 있고
창밖으로
고아를 사랑한 하루가 저문다
눈동자가 숯이 될 때까지
혜는 어둠 속에 있다
여기로 데려올 수 있는 음악이 있어?
물을 동여맨 머리카락들이 하수구로 쓸려 가고
혜는 욕실 거울에 비친 얼굴의 반을 지운다
얼굴이 얼굴의 반에게 묻는다
입김이 배 속으로 삽입될 수 있을까
불타는 물고기가 헤엄쳐 들어오는 걸

식은 채 견뎌야지
재가 될 때까지
약손가락만 차갑던 시절

혼자 우는 모임

혼자 우는 모임에 왔습니다 혼자 울고 싶었으니까 수세기 전 역병을 데려온 성자(聖子)도, 헤어진 남자의 유치를 뽑아 온 여자도 있었습니다 다들 기분,이라는 말을 쓰지 않아 기분이 좋았습니다

침엽수림을 짊어지고 온 절름발이 배관공은 숲으로 들어가 울기 시작했습니다 남자가 기댄 낙엽송과 측백나무, 가지를 털 때마다 후드득 떨어지는 영하의 사연들은 짐승의 것이 아닌 발자국들을 지웠습니다

남자는 한 나무 곁에 오래 기대지 않고 가문비나무에서 잣나무로, 전나무에서 고사목 둥치로 울음을 옮겨 가며 숲의 골격을 맞추었습니다 남자의 울음이 떠나갈 때 나무는 낙엽을 털어 부은 발을 덮었습니다

버려진 늑대 새끼를 핥아 주는 순록들의 입김 희미한 숲길, 고목은 남자의 울음이 스민 흙 속으로 느린 뿌리를 내밀고 더 빳빳해진 잎사귀들은 늑대의 귀를 닮아 갔습니다

혼자 우는 모임에 왔습니다 혼자 울고 싶었으니까 엄

마가 입던 스웨터를 한 올 한 올 풀고 있는 아이는 숲 속 남자의 눈 색깔을 모릅니다 우리는 어깨 너머로 흐느낌을 배웠기에 올이 다 풀려 버린, 스웨터가 있던 허공을 껴안습니다

털갈이를 시작한 늑대들의 숨결 흩날리는 숲은 은빛입니다

아일랜드식 몽유

밤새 어딜 돌아다니다 이제야
도로시, 어느 마을에서 그런 표정을 배웠지?
몸은 왜 이렇게 차갑니
도로시는 당신이 사는 마을을 몰라요
배 속의 아기가 무른 턱을 탁탁 부딪치고 있구나
오, 블라우스에 묻은 피 지워지질 않고
식탁 아래에서 오래 썩어 간 치즈 냄새가 난다
그림자까지 불결해진 이름
당신이 사는 마을을 몰라요
며칠째 밤이지요
너에게 체온을 가르쳐 준 적이 없는데
그 표정은 어디서 배웠지?
삐걱대는 계단의 울먹임보다
더 아픈 주사를 놔 줄게
손톱 아래 낀 안개를 걷어 보자
강바닥까지 보여 주기는 부끄러워요
아직 가라앉지 않은 자갈들이 있어요
긴 잠이 올 거다 너의 잠 속으로
사슴 가면을 쓴 남자들이
횃불을 들고 춤을 추지 그때

구름이 숲의 머리카락을 부여잡고 달아나는 게
보여?
보이냐고 물었다, 지금 도로시는
잠꼬대를 하는 건지
잠이 오지 않는 건지 모르겠어요 어쩜
나는 네게 악몽을 가르쳐 준 적이 있는데
사슴 가면을 벗는
사슴을 몰래 보여 준 적이 있는데
쉿, 난로에 얼른 장작을 더 넣으세요
보리밭에 녹슨 삽을 꽂아 둔 채
혼자 돌아오는 남자가 있어요

이름을 위한 종례

버리고 돌아온 그녀가 창가에 앉아 있다
유리창이 닫혀 있지만
커튼은 만삭으로 부풀어 일렁인다
창가라는 말이 있기 전부터
창가에 있던 사람처럼
그녀는 그녀의 일부 같다
커터 칼을 쥐고 책상 모서리에다 새기고 있다
덩어리인지 냄새인지 윤곽인지 모른다
입술을 모아 후, 날려 버린 나뭇조각들이
저음으로 가라앉는 오후
교실 마루엔 발자국이 남질 않는다
너희, 집에 안 가고 싶지
가정통신문처럼 쉽게 구겨지는 이야기가 끝나 갈 무렵
칼을 꼭 쥔 그녀의 발끝에
톱밥이 쌓여 간다
집에 돌아가고 싶지 않은 노파의
누런 발톱처럼

창가에 그녀가 없는 교실
유리창을 활짝 열어젖혀도

커튼은 부풀지 않는다 창가가 사라질 때까지
창가라는 말을 모르던 사람
홈이 된 이름이 있다
꾸욱 누르면, 살을 집어넣을 수 있는

과수원 수족관

어류에겐 통점이 없다는 말
수위가 아슬한 수족관 속으로
달빛을 들어 올린 나무 그림자가 잠긴다
나무는 살을 다 발라낸 물고기
가지가 꺾인 자리엔 촘촘한 물결의 기억이 있다

나뭇가지에 열린 물고기들
가지에서 가지로 흘러가는
열매들
낙과가 없는 수족관엔
발자국이 드물고
걸음을 잊은 나무들은
숨을 오래 참는다
죽은 자를 묻을 수 없고
그의 숨으로 떠올리는 곳

머리를 잃어버린 몸의 영법
몸을 잃은 눈동자가 글썽이고
열매가 있었던 자리로
물살이 온다 물살은

제 뼈까지 다 울어 버린 살이어서
깊은 가시의 기억이 있다
물속을 흐르는 눈물
살이 깊어진다

그을음과 성에를 위한 미사

―용산

건반 하나가 내려가자
흐릿한 손끝을 향해 우리는 호흡을 모았지
오래 굶주린 짐승의 폐에서
들을 수 있다는 정적
그의 지문이 파르르 떨고 있었지만 아직
연주가 시작된 건 아니었어
횃불로 타오르던 몸과 얼어붙은 몸
몇몇은 오래 참은 울음을 터트렸고
그을음과 성에를 닦아 내며 노인들은
언 유리창을 뚫지 못하는 햇살을 안쓰러워했지
더듬더듬 유언을 중얼거리는 그가
손가락을 떼어도 내려간 건반은
다시 올라오지 않았어
미신이 없는 음악을 상상할 수 없었지만
우리가 자주 용서와 헷갈려 하던
하나의 음정을 잊는다는 것은 몸을 잃는다는 것
두꺼워진 빙판 위에선
서로 먼저 넘어지기 위해 말을 아꼈지
발자국이 발자국을 따라잡지 못하는
긴 운구 행렬을 따라

짐승만 알던 길은
아무도 모르는 길이 되었어
겨울은 겨우 추워졌어

Mother Tongue

올해 아카시아 향은 무척 초라하네
발라낼 살점도 없이
빨랫줄을 받친 장대가 자꾸 넘어지는데
별수가 있나 자빠지는 걸
하루 종일 굶어도 배가 안 고프다
장날 난전에 파는 스카프가 있었는데
몇 년 전 일이다만
살 걸 그랬나 싶다
바람에 흔들리는 걸 본 지가 오래되어서
창문을 열면 왜 몸이 흔들리는지
오는 길가에 꽃이 몇 송이 폈드나
천장 도배지에 꽃들은 맨날 똑같고
시들지 않으니 핀 것 같지도 않다
맨날 누워서 하모니카를 부는 게
음악이라 아니라
뒤뜰에 밤새 우는 고양이들도
못 본 지가 오래되었다
밥때가 안 됐나 됐나
니 낳은 날도 맑았는데
오늘 바깥이 맑드나? 맑아 보이드나?

간

수액걸이에 링거를 거는
흙빛의 얼굴
만삭의 남자가 화장실에 있다
고로쇠나무에 꼽힌 호스처럼
흐릿한 요도
강변의 넝쿨을 적시지 않는 물줄기가
하류로 흐른다
우리는 흙으로 빚어졌다
마르면 갈라지고
비에 젖는 동안 흩어질 것이다
몸을 탈출하지 못한 열기가
가뭄의 내부를 단단하게 굽는다
굴뚝 없는 덩어리
그을음이 몰려온 얼굴
밤은 어깨 위에 얹혀 있다
우거진 수풀을 헤치듯
몸을 친친 감은 호스를 걷어 내며
돌아눕는 밤
꿈뻑꿈뻑 떴다 감는 밤
발길질 없는 만삭의 배에 실핏줄이 돈다

외박

방에만 계시지 말고 연애라도 하세요
나른한 주둔군처럼 누워
누런 먼지들이 넘나드는 국경만 보지 말구요
강물에 오래 씻긴 자갈들 사이로 손을 집어넣듯
벚나무 그늘에 앉은 여자의 무릎을 생각하세요
바람이 창틀에다 튼 살을 부비는 오후
손끝을 스쳐 가는 투명한 치어처럼
참하다,란 말 쪽으로 며칠째 비치는 햇살
눈 속까지 밀려와 실핏줄을 터트릴 때
철길 옆 여관 간판은 붉게 달아오르죠
거기까지라도 잠시 걸어갔다 오세요
하루 종일 손바닥으로 호두 알만 굴리는
다른 한 손엔 리모컨을 쥔 당신
아무도 사랑하지 않아요
총과 폭탄 없이 만든 견고한 평화
우리는 당신으로부터 피난 중이거나
당신을 제외한 연애 중이거나
저는 둘 다 간절하지만
피난 같은 연애라면, 녹슨 총구를 느리게 돌리는
시침 따위는 사라져도 상관없겠죠

26

벚나무 그늘에 앉은 여자의 무릎이 아니면
저는 안 돼요, 당신은

백색왜성

엉거주춤한 기마 자세로 세숫대야에 머리통을 들이박는 새벽, 고가도로에서 강물로 꼬라박은 승합차처럼

강물에서 끌어올려질 때 검은 물이 줄줄 흘러내리는

머릿속에 살던 사람들은 모두 수장되었거나 늙은 잉어들의 살을 찌울 것이다

창문 틈으로 치고 들어오는 한기, 식은 국을 데우는 푸른 가스 불 앞에서 떠날 줄 모르고 나는 서 있다

물을 그을리는 불

국에 밥을 말아 목구멍으로 넘기면 내 안의 비포장도로가 눈에 선하다

그릇에다 코를 들이박는 고양이들

현관문을 잠그지 않고 외출하는 오래된 버릇 누군가 내 삶을 몽땅 훔쳐 가 버렸으면 좋겠어 그를 잡지 않을 거야

지난밤 내가 토해 놓은 자리를 다시 지나가는 새벽
　어제의 폭설이 미처 녹지 않은, 가장 뜨거운 별은 하얗게
불탄다

락토 베지테리언

이 몸 너머에선
카레 익는 냄새가 난다
목이 꺾인 채 회전하는 선풍기
바람은 저쪽을 본다
유리창에 찍힌 붉은 족적들
일그러진 입가에 열꽃이 핀다
굳은 혀는 내부를 향해 구부러진다
폐를 곶감처럼 뭉개 버린
파열음을 발음한 적 있다
혀에 묻은 지문은 사람의 것이 아니다
다량의 눈썹과 융모가 사라졌다
생면부지였을 칼날이
뼈와 뼈 사이를 빠져나간 시각을
초침은 모른다 멎어 버린,
저녁이 지나고 오후가 온다
비명을 담기엔 너무나 좁은 찻잔
숨이 닿았던 자리부터 썩어 가는 과일들
누웠던 자리에 흰 둘레가 빛난다

와상

모로 누워 잠든 여자의 엉덩이는
황달처럼 환하다

볼이 익는다

찬 손을 잡으면
은행나무 젖은 낙엽들
한 장 한 장 손바닥으로 건너오는 밤

그늘 밖이 어두워진다
아픈 데가 없다

발골사

축시를 써야 했지
오래된 당신을 테이블 위에 얹어 놓고
몇 번을 뒤적였네
물기가 마른 반찬처럼
들었다 났다 했지
그런 짓을 타박했었네, 오래전 당신은

이제 내겐 그런 버릇이 없지
먹지도 않을 반찬을 뒤적이는 대신
제 살을 그어 열어 놓고
벌건 고깃덩이 속을 헤집고 있네
소화되다 만 기억들은 곱처럼
내장을 꽉 채우고 있었지

더 신선한 부위와 기름진 숨
몇 근을 끊어 팔지 밤새 궁리했네
당신과 당신 이전의 당신들까지 불러내
사연을 섞고 애틋한 안개를 풀어냈지
없는 기억과 있었을 법한 밀어들

신부는 글썽이고 신랑은 흐뭇한
행과 연이 끝나고
몸속 가득 뷔페를 밀어 넣었네
제 몸을 끊어 판 자의 허기는
맛없는 음식이 없었고 뒤적이지도 않았지
기쁘지 않은 사람이 없었고
아물지 않는 자리가 아팠네

생강의 리듬

사월 월세를 넣었다
주공아파트 담벼락에 기대
황달의 뺨을 아무 데나 문지르는 산수유 꽃들
지금쯤 당신은 그날이겠지
달이 삭과 망을 지나는 무렵
오래 쓰다듬은 기억은 누굴 할퀴거나
베지 않고 부드럽다

혼자 숨 쉬고, 안 쉬기도 하는 집
월세를 내는 날 즈음
당신은 그날이고
생강차가 끓는다 생각 속에서
편으로 썬 생강들이 떠오르고
가라앉는 그 리듬을 못 잊고 있다
음악이 끝난 후에야 박자를 타고
몸을 떠는 관객
잔향은 점점 늦게 돌아온다

그늘에 떨어진 꽃잎 같은
삼월 달력에 붉게 동그라미 친 날들

그날이라고만 불렀던 날에 다시
당신은 천칭자리보다 멀고
황해처럼 안 들린다

제2부

종착

올해도 벚꽃 보러 못 갔네 우연 같은, 같은 생각이 우리를 창밖으로 고개 돌리게 하고 야, 바다다 소리치는 아이의 입을 막으며 여자는 귓불이 붉어진다 눈빛이 씻은 유리창엔 얼룩이 없고 표창처럼 날아와 박히는 새들의 뺨

꽃잎들이 핥고 간 허공이 얼얼하게 달아오르는 저녁 서서 죽은 나무와 죽어서 서 있는 자들을 싣고 유람선은 물의 살갗을 가른다 맑은 새살이 번져 가는 시간을 파문이라 부른다 상처의 둘레로 짙은 잎사귀 떨고 있다

졸음은 잠들지 않는다 벌어진 다리 사이의 암흑과 향기를 영원히 끄덕이는 영혼들. 눈동자는 과즙을 머금은 채 곱씹어 본다 한 번도 울어 본 적 없는 울음과 쇳덩이를 맞댄 후배위, 같은 곳을 보는 자세는 슬프다 덜컹거린다

꽉 문 어금니가 턱을 떨게 하듯

무화과

꿈에 이가 많이 빠졌다

오래 기르던 개를 끌어안는다

맑은 눈을 끔뻑이며

잇몸으로 내 손목을 문다

개에게 손목을 먹인다

종이학처럼 귀를 세운 채

어디선가 봉숭아 꽃잎 빻는 소리를 듣는 새벽

개의 눈동자에 묘목이 자란다

손목이 깊은 폐에 닿는다

깨진 질그릇들이 피에 엉겨 붙는다

세숫물에 노파의 틀니를 씻는 소녀 곁에서

꽃을 잃었다

거울 앞에서 크게 웃지 않는다

설산의 원근법

탕,
짐승의 목둘레로 힘줄이 일어선다
온몸을 떠돌던 뜨거운 피가 한쪽으로 바짝 쏠린다
산비탈을 딛고 있던 발톱이
언 땅에 더 깊이 박힌다
물러서려는 것도
나아가려는 것도 아니다
노란 동공 속으로
바람은 섬광보다 먼저 빨려 들어가고
팽팽한 직선에 닿은 싸락눈들이
화약처럼 타들어 간다
탄환은 바람이 지나간 길 위에서
뒤로 흐르는 풍경을 비튼다
한 점을 향해 구부정해지는
눈 덮인 능선과 새들의 행로
짐승은 움켜쥔 땅을 끝까지 놓지 않는다
소용돌이치는 풍경이
제 단단한 근육을 뚫을 때까지
뜨거운 소실점이 핏물에 떠 있을 때까지
거기서 새들은 찬 날개를 녹일 것이다

가솔린

휘발하는 것에는 뿌리가 없지, 당신의 턱밑에 쌓이는, 잎사귀 아래를 파랗게 적시는, 솟구치는 폭우, 공중의 부음을 모두 끌어당긴 구근식물, 노을을 이고 가는 나비 떼, 뿌리가 없지

한 여자가 조여 온다, 집중은 슬개골에 있다, 감주를 흘린 손바닥처럼, 끈적이는 열대야가 수렴되는 단 하나의 점, 여러 몸을 구겨 넣을 수 있는 여분의 빛, 난교 속에서 결정이 된 소금을 삽으로 푸는 인부들, 이를 악문 몸과 몸의 틈에서 뚝 뚝 간수가 떨어질 때

개구리를 밟아 죽였어, 손금이 바뀌더군, 파삭, 입안의 청포도 사탕을 깨물어 먹었지, 그를 살려 두지 않을 거야, 허파를 주무르고 있어, 제초제 병이 떠 있는 저수지에서, 얕은 씀바귀 넝쿨을 따라, 우린 성냥을 나눠 가졌어, 불을 댕겨

백합들이 익사한 행성을 떠나듯, 신음은 나선으로 몸을 탈출한다

판타스마고리아 백화점

입과 항문이 하나라서
똥을 누면서도 허기를 채워요
먹고 누는 힘으로 종일 붕붕
회전문을 돌리죠
구취와 뒷물이 섞이는 곳
눈에 띄게 뚱뚱해진 사람들이
비 내리는 바깥을 바라봅니다
우산을 털어 내며
입술이 먼지에 젖기도 하고
내일 도착할 구름을 기다리는지도 몰라요

폭삭 내려앉아 생존자 하나 없는
사고 현장이 되고 싶어요
굴삭기로 으깨진 철골을 뒤적이며
소화되다 만 어느 주부의 팔을 건져 올리는
심리 수사, 하실 거예요?
손에 쥔 봉투 속 구두의 맥박이 뛰는지
안 뛰는지 귀를 갖다 대는, 과학 수사
꾀병과 선의의 거짓말에 나는 초짜가 아니죠
회전문이 멈추면 마네킹들은 금세 입술이 트고

양손을 슬그머니 맞잡아 보는 장갑들
다시 입맛이 살아날 때마다 나는 멀미의 달인
토하고 싶을 때
당신은 거대한 비닐봉지로 부풀고
나는 창문도 없는 대낮이죠

연착

덜그럭거리는 치열(齒列)의 잠, 찬 잇몸을 뚫지 못하는 체온은 화석을 어루만질 수 없네

제단의 술잔을 스치는 수천 년 전의 나무 그늘 아래 우리는 잠드네 멸종된 창문을 중얼거리는

잠이 깨지 않을 만큼만 덜컹이는 고대

벽을 뚫는 속도에 투신한 뼛조각들은 잃어버릴 살이 없네 피로써 용서받지 못한 유적은 도굴되지 않을 것이네

긴 지하 동굴을 뚫고 나온 잠은 환해져 더 아늑하고 온 공중을 받들며 빛의 살갗을 얇게 벗는 수면

새들의 그림자에 베인 살갗이 투명으로 또 아무는 걸 보네

대지에서 뽑힌 비석들은 하류의 하늘을 떠돌고 음각으로 튕겨난 햇살이 이빨 사이를 맑게 씻네

잠 바깥에서 잠들려 서성이는

뿌연 머리카락으로 바람을 당기는 늦은 영혼

수메르

혜는 자주 체위를 바꾼다
숨이, 신음으로 번지는 수심에선
사탕처럼 맑은 목젖이 보인다
음모도 없이 흔들리는 풀들이
순풍을 발가벗길 때
혜는 입술을 벌리지 않고도
순한 혀를 섞는다
달이 박힌 잇몸을 핥으며
깨물어도 자국이 안 남는 몸을 통과한다
여울에 실려 맥박이
이끼에 덮인 심장을 씻는다
두근거려, 네 밑바닥에서
피가 묽어지고
물가엔 소금이 하얗게 잡힌다
한 방울의 나체
밤새도록 뒹구는
물병자리

가정통신문 2016 205호
—가을 소풍

　무덥던 여름이 지나고 선선한 바람이 옷깃을 여미게 하는 가을입니다 칠판은 뭐든 적을 수 있는 계절입니다 학부모님 가정에 건강과 평안이 가득하길 기원합니다

　올봄에 보내 주신 율마, 다육이, 산세베리아는 모두 말라 죽었습니다 아침마다 칠판의 핏자국을 닦아 내는, 십 년 동안 결석 중인 당번이 걸레 빤 물을 줬나 봅니다

　어제는 부리가 꺾인 채 교탁에 떨어져 있는 멧비둘기 몇 마리를 빗방울 흩날리는 칠판 속으로 날려 보냈습니다 몇 명이 따라 들어갔는지 세어 보지 않았습니다

　가을을 배우는 일은 녹록지 않아요 출석부의 이름을 하나 둘 지우듯

　문장을 수평으로 지탱할 힘이 이 계절엔 없습니다 원을 그리면 금세 타원이 되고 사선으로 흘러내리는 분필 가루들

　선생님들은 칠판 속으로 분필을 던져 버리고 교실 밖

으로 나가며 대개 우수를 믿게 됩니다 면목이 없습니다

안전한 소풍을 위해 자녀분들의 봄 여름 가을 겨울 옷
과 견과류를 준비해 주시면 감사하겠습니다 봄에 그려 둔
과수원은 심하게 깊어졌고 부리가 꺾인 새들이 가지마다
앉아 있습니다

사물함에 심장을 두고 갑니다 이 계절엔 맥박이 없습
니다

천년 동안의 대공원

그늘 어디에나 이빨 자국이 있다
몸부림치는 거죽과 고요한 몸 사이
헐겁게 도는 피
손을 뻗으면 젖이 물컹 만져지는 하늘
이가 다 빠진 사자 석상
오래전에 널어 둔 식탁보가 펄럭이는 쪽으로
뛰어가는 아이들
장마가 끝난 뒤
강심에 떠오른 모래 더미처럼
소녀의 등이 젖어 갈 때
맹수의 영혼을 주시하는 노파
무릎 위의 아마 씨
솜사탕 속에서 바득바득
이를 가는 철수세미
삽입된 포효를 뺄 생각 없는 수컷들
사자야, 재규어야, 여길 좀 봐
유리창을 두드리는 소녀의 머리 위로
깨지는 거울 조각들

알타미라

비를 맞고 선 물소의 눈이 끔뻑이고 있었네
나는 별빛이 떨리는 이유를 잊지 않기 위해
오래도록 해변을 떠나지 못했네
죽은 고래는 발아래로 밀려와
두툼한 눈꺼풀을 덮고
단지 잠든 듯했지
달의 절반이 초원이었을 때
우기에 관한 신앙은 깊어져만 가서
고래의 배를 가르고 바다 먼 끝까지
피를 흘려보내는 신성한 장례를 치렀네
물속의 붉은 길
제자리에 서서 나는 바다를 다 걸어왔네
초저녁에 지핀 불씨가 잦아든 동굴 속
연기를 덮고 뉜 몸들은
죽은 지 오래된 듯했지
불길이 다 데우지 못한 벽 앞에서
횃불은 바람 없이도 흔들렸네
젖은 목을 서로 비비는 달의 짐승들
구부정한 울음소리가
벽 너머의 하얀 뼈대를 보여 주었네

개기식(皆旣蝕)

내 최초의 고양이는 촛불 속에서 운다

실금처럼 갈라진 편광이

촛불을 날 선 단검으로 세운다

발톱은 동공 아래에까지 뿌리를 뻗고 있어

어두워질수록 끝이 첨예해져 간다

촛농의 맥박을 듣는 눈먼 자들

오래 기르던 화초가 시들고

촉감만으로 환한 대낮이 온다

안으로 숨긴 불길이 바깥을 태우는

식은 숯덩이

울음으로 눕힐 수 없고

죽은 몸을 일으켜 세울 수 없을 때

사나흘을 떠는 피

촛불 속에서 운다

횡단하는 몰골

저 여자가 나를 스치기 전에
한쪽 폐를 텅 비운다
바닥에 떨어진 그을음을 쪼아 먹는 비둘기들
내 젖꼭지가 다시 연록으로 물들면
건너편에서 흔들리는
원피스 자락을 들을 수 있다
신호등 속 남자는 피에 젖은 채 서 있고
그녀가 그를 사랑할 리 없다
숨을 오래 참은 우주가
무릎에 박힌 살구 씨앗을 끌어당긴다
그녀가 몰고 오는
먼 행성으로부터 도래한 얼음 조각과
멸종된 중력들
내일이 구부러진다

발길질에 날아가 버린
눈사람의 머리
아직 얼어붙은 흰 눈알을 휘휘 굴리며
그녀와 스치는 외계에 다다른다
자전을 멈춘 심장

엉킨 갈빗대 사이로 연무가 흐르고
나는 그녀의 땀구멍에 여러 번 드나든다
내가 녹은 물이 목젖에 고인다

일교차

밤에 보이지 않던 윤곽들은 낮이 되어서야 보이곤 했다 강둑으로 자꾸 뒤따라와 등이 따스하고 코에선 단내가 났다

우리 집은 방앗간이 아니고 기찻길 옆이야 이제 그만 돌아가, 뒤돌아보면 낡은 자전거 안장에 앉아 먼지를 휘젓는 흰 발목이 보였다

난 강가를 따라갈 건데 이제 그만 돌아가 봐

깊이 우거진 갈대숲에 앉아 물이 얼었나, 안 얼었나 돌을 던지면 다음 날에야 물속으로 돌이 빠지는 소리가 들려왔다 며칠째 흔들리던 앞니가 자고 나니 없어졌을 때 혀는 가장 추웠다

놀자고 부르는 아이들과는 놀지 않았다 공사장 모래언덕에 자주 손을 묻었다 두껍아 두껍아 헌 집과 새집 다 내가 가질게, 빈 두꺼비 집에 지문을 두고 집으로 돌아간 날 아무리 방문을 잡아 당겨도 열리지 않았고 나도 열어 주지 않았다

어머님 애는 매일 손금이 바뀌어요 손바닥을 때리다 말고 선생님, 집엔 아무도 없는데 누가 전화를 받은 걸까 그때 톱밥 난로 위에 깨금발로 서서 튀어 오르는 발목이 보였다 오늘도 강둑을 걸어 집으로 가니, 물었고 나는 대답이 없었다

구 여사 레시피

흰 머리칼을 풀어 국수를 삶는다
마른 쑥이 걸린 천장에 거꾸로 매달려 우는 노모
정수리에 맺힌 낙수가
냄비의 수면을 뚫는다
도마 위에서 뭉텅뭉텅 썰려 나가는 손마디를
빈 개밥 그릇에 둔다

세숫대야에 고인 햇살이 일그러지는 수돗가
뒤뜰에서 자라난 나뭇가지가
담장을 넘어온다 장독 깊숙이
어두워지는 어둠
허리춤 넓은 영혼들은 빨랫줄에 널려
어떤 원한도 없이
바람이 분다

대문이 반쯤 열리는 자정
흙발로 들어선 노모가
머리맡에서 쇠가위를 치고 방울을 흔든다
되살아난 이년과 저년들
벽을 기어오르는 밤

탯줄처럼 낮고 싱싱한
개비린내 마당을 쓸고 다닌다

아포칼립스

링거병 속에 목선 한 척 떠 있다

장티푸스를 앓는 손끝에

물기가 마른다

개나리꽃이 피고 있다 돌림병처럼

이 꽃이 시들 때쯤 저 꽃이 피듯이

죽은 아이를 안고

엄마는 화장대 앞에 앉는다

널브러진 설원

오두막에서 죽은 오소리 털을 그을리는

화가의 장례식에 늦었다

몸속에서 찬 바늘이 자란다

Old Parr

가을볕을 뒤집어쓴 모과들의 눈이 감긴다
입김처럼 밀려온 밥상에
그는 무릎이 따뜻해진다
손바닥 안에서 굴러다니는 호두 알 두 개
불발탄 같은 저릿저릿함으로
홀쭉한 불알 두 쪽이 담긴 팬티 속까지
평화롭다 오래전 강이 흘렀던 흔적이 있고
이빨 틈에 낀 먼지와 혓바늘 사이
허기가 있다
주름진 행성을 한 바퀴 돌아오는
구운 고등어 냄새
밥상 위에 떠 있다
눈부신 창가를 등지고 앉아
온몸을 뚫고 나온 햇살이 그득한 밥상을 물리면
여전히 단 게 땡기는 시간
당상관까지 올랐다는
옛 어른의 함자나 검색해 보는
메마른 시간
리모컨은 언제나 제자리에 있고
그림자가 베고 누운 목침

까맣게 타들어 간다

원정(遠汀)

　파문이 아니면 칼, 수면을 딛고 선 살구꽃이 물살을 얇게
베고 있다
　사라질 것처럼 예리한 날에 묻은 피는 투명하다
　바닥에 잠긴 얼굴이 올려다보는 물 밖의 심연
　심장이 자갈이 될 때까지 눈동자와 흰자가 서먹한 경계를
지울 때까지
　무릎 위의 햇살은 수천 번 빛을 벗는다
　굴절이 관절을 뒤틀 때
　사라진 것처럼 투명한 뼈에 스민 향은 단단하다 영원히
흐르고 흐르지 않는 주검의 자리
　꽃잎들이 만드는 둥근 음역이 겨우 들리는 곳까지 몸은
영혼을 흘린다
　검은 별들의 행로가 내장처럼 엉키는 공중
　꽃물에 잠겨 일렁인다

제3부

눈동자를 간직한 유골을 본 적 없으므로

숟가락으로 파먹은 수박
붉은 물이 스며 나오는
빈 안와(眼窩)

물기를 오래 매만진 손이 가뭄에 젖는다

당신을 유골이라 부르면
나는 먼 골짜기에 버려지고

숲 속 새들이 나뭇가지를 박찰 때
어둠은 더 깊은 그늘로 나를 데려가 드러눕힌다

한 번도 울어 본 적 없는 울음이 고인 자리
눈동자를 간직한 유골을 본 적 없으므로

환절기

혜는 나를 사랑한다
매일 밤 구운 꽁치에 독한 술을 마시자 하고
내 옆에 누워 기린처럼 잠든다
젖은 수건이 마르고 있는 아랫목 쪽으로 목을
길게 늘어트린 채
밤새도록 입을 쩝쩝거린다
꿈속에서, 멸종된 나뭇가지에 피어난
잎사귀를 씹고 있는지
차갑고 싸한 풀 냄새를 베개에 흘린다
성에가 유리창을 꽉 붙드는 아침
내 이빨에 낀 푸르스름한 비린내도
미지근한 하품도 사랑한다
혜가 나의 하품 속으로 천천히 들어와
언 손바닥을 녹일 때
혓바닥 아래엔 맑은 침이 고인다
올해는 꼭 발가락이 다섯인 딸을 낳자고
연습장에다 내 코를 그린다
식은 방바닥에 납작하게 엎드린 혜가
나만을 사랑하는 동안
십일월의 첫눈이 내린다

혜는 유리창에 손가락을 대고
마른버짐만 한 바깥을 만든다
낮은 담장 위의 눈발과
새의 몫이었던 가지 끝 열매들
쌀벌레처럼 흔들리는
풍경은 풍경 속에서 투병 중이다
혜는 나를 사랑한다

티벳 여우의 아침

당신이 누웠던 자리
캄캄한 고사목에서 흘러내리는
울음이 굳고 있다
닫힌 문인 듯
갈빗대를 쥐고 흔들 때
심장은 자명종처럼 떤다
처녀자리로 떠나는 발자국 소리가
선율에 가까워지고
몸이 사라지자 음악이 멎는다
품 안에서 무너지던 악기
침엽수 잎처럼 남은 몇 가닥의 터럭으로는
오래된 주법이 기억나질 않는다
아침 햇볕을 채보하는 커튼에
남은 발자국들
누웠던 자리
당신이 없었던 자리
방 안 가득 녹슨 금관악기로 울려 퍼지는 체취를
가만히 듣는 아침
밑동이 갈라진 고사목이 누워 있다
뜨건 물길이 스친 뒤

입이 멍하니 벌어진
모시조개처럼

젖과 물

1

쉬는 날엔 약국을 지나 놀이터에 간다
내 곁으로 다가온 아이를
급히 집으로 데려가는 엄마
새끼손가락을 쥔
아이가 나를 뒤돌아본다

2

모래밭에서 기침을 하면 발이 더 깊이 빠진다

3

숟가락에 가루약을 갠다
유두처럼 짧고 연약한 손가락이
젖빛으로 짙어지는 수면을 한 방향으로 젓는다
젖은, 물과 달라서
먹은 기억이 나질 않는다
물가에 가지 마래이, 철길에 가지 마래이

여자의 말을 잊은 채
물가에 있다
물이 젖이 되는 시간
열 달이 넘게 사람을 품어도
젖이 안 나오는 몸으로
가루약을 개고 있다
젖은, 물과 달라서
내가 나에게 먹일 수 없다
아프지 마, 아프지 마
여자의 말을 못 잊은 채
물가에 있다

내 꿈에 나는 결석하였고*

아침에 잠든 예림이를 오후에 깨운다
물고 있던 사탕이 사라져 버린 입속
자두 향 가득한
예림이의 하품엔 색깔이 없다
어딜 보니 너
예림이는 자주 창밖에 있다
쟤는 잘 때 눈도 안 감고
숨을 안 쉬어요
엘리제, 어디에도 없는 엘리제를 위하여
예림이의 잠을 멀리 데려가는 종소리
자두나무가 누워 버린 잠 속으로
쓰레기를 던지며
틴트를 바르는 웃음들
고데기로 앞머리를 구부리며
식판에 남은 국물을 교복에 붓는 반팔의 그림자들
등 뒤에 붙인 포스트잇의 낙서
저를 깨우지 마세요
이 교실에 예림이가 보지 않은 바닥은 없다
눈을 감고 구겨져 뒹구는 털들을 본다
어딜 보니 너

●이상의 시 「오감도 제15호」 중에서.

아무도 모르는

오늘은 노는 날이에요, 어머니
리모컨을 쥐고 있으면
죽은 친구의 손을 잡고 있는 것마냥
자꾸 헛웃음이 납니다
도전 1000곡을 다 보고 나면
천국에 도전할 마음도 사라지고
TV 속 여자들은 입 냄새가 심하죠
코를 막으면 귀로 흘러 들어옵니다
벽 속의 거미 알들이 두리번거리며 깨어나
어미를 뜯어먹는 소리 들려요
오랫동안 입맛이 없습니다
또 보내 주신 반찬들
오징어볶음 장조림 김
손만 댔다 하면 항상 상해 버려 나는
나를 잘 안 만져요
LOCK&LOCK에 담겨 오래 상하지 않는 허기로
늦은 밤에 밥상을 차리기도 하지만
하얀 접시들과 수저는 침묵합니다, 어째서
저보다 말이 없어요
추억에 잠겨 천장을 올려다보는 건

누워 있을 때만 온순한 애인들의 버릇
어머닌 애인 있어요?
헛웃음이 나와도 놓을 수 없는 리모컨을 쥐고
너, 이 손, 놓으면 끝이다
죽은 친구와 애인의 목소리 헷갈리는 날
어미를 다 뜯어먹고
발톱에 맑은 땀 맺힌 거미들
벽지가 눅눅해져 가는 오후 내내
아무도 모르는 유일한
당신 생각을 해요

연구개음

공중의 생살을 찢어 놓은 나뭇가지 아래로
휠체어에 앉은 당신을 밀고 간다
피가 안 들리고 비명은 보이지 않는
고개를 젖혀 들여다본 살 속엔
원근이 없다
별빛 너머로 활강하는 화살들
해 뒤에서 뭉치고 흩어지는 구름
전선에 걸린 과자 봉지가
아물지 않는 몸을 덮는다
어두워진 몸이 밤과 구별되지 않는다
휠체어를 미는 힘은
나무 아래로 간다
고목이 아직 묘목이었을 때
당신의 무릎 아래 앉아
내가 만졌던 옹이
이제 휠체어보다 더 낮게 앉아
듣는다 고목이 놓아 버리는 마른 음표들
음악 아래 당신을 묻는 소리

실로암

오늘은 물렁물렁한 주일 립싱크로 부르는 일요일 아무도 부르지 않는데 다 같이 부르는 노래다 시냇물을 찾는 목마른 사슴을 생각하면 명중시키고 싶다 피를 다 마신 뒤에 오는 갈증으로 통성기도하고 싶다

일찍 왔구나 집사가 통통한 손으로 내 턱을 어루만지면 목사는 복화술을 시작하고 나는 도돌이표와 쉼표 사이, 어디서 아멘을 해야 할지 몰라 자꾸 흙탕물을 마신다

예배당을 떠다니는 건반 연주자는 연주를 자주 멈추고 멀미약을 먹는다 페달을 힘껏 밟을 때마다 여자들은 가슴이 부풀어 의자에서 한 뼘씩 떠오르고
부레다 부레, 내게 귓속말하는 아버지 두 손을 모으고 립싱크 중이다

할렐루야! 왠지 반말 같은데 야!라고 나를 부르는, 라이브로 직선으로 내게 반말하는 물속의 주일 예배 중에도 식당에 앉아 하얗게 피어나는 김에 얼굴을 가린, 물뱀 같은 국수 면발을 건져 올리며 웃는 물속의 하나님

게이트

지난여름 백설기 씨와 교제한 적 있죠? 모르는 사람입
니다 시체의 살을 누르면 다시 올라오지 않는다는 거 알
고 있었잖아요 알지 못합니다 여전히 뜨겁고 아무런 맛이
없다고 통화한 적 있어요? 없어요? 없습니다 뒤집어진 양
말처럼 몸 바깥에서 안을 느낀다고 몰랐습니다 그럼 누가
그걸 오르가즘으로 비유했을까? 그거야 저는…… 근데 울
진 삼척 고속도로를 달리는 심야버스 안에 있던 네 시간
동안 손바닥으로 자꾸 차창을 문지른 이유가 뭐죠? 저는
버스 창밖에 있었기 때문에…… 버스 바깥에 있었다구요?
네 그렇습니다 창밖에서 뭘 했죠? 글썽였습니다 흘러가
는 것은 글썽이지 않으니까…… 제보에 따르면 그날은 비
가 왔고 증인은 그날 아침 검은 우산을 주웠어요 맞습니
까? 우산은 거짓말을 합니다 뼈를 자꾸 살이라고…… 백
설기 씨의 살은 뼈가 아니라고 생각합니까? 대답하기 힘
듭니다 아까 분명 백설기 씨를 모른다고 했는데 백설기 씨
는 글썽이는 편입니까 흘러갑니까 기억나지 않습니다 글
썽이는 것이 뼈입니다

그루밍

앵두가 아프다
아픈 고양이의 맥박은 시큼하고 떫기도 해서
깨진 유리창으로
오래전 피가 흘렀던 길이 비친다
살갗을 핥고 털을 토하는 밤
피가 닿지 않는 앞발을 모은 채
그루밍, 심장을 굴린다
낙과를 담았던 사과 박스 안에서
보일러관이 지나가는 바닥 위에서
앵두가 아프다
들어와선 잘 나가지 않는 숨
검은 털에 덮인 거죽을 겨우 들어 올릴 뿐
떠오르는 먼지와 출렁이는 천정
앵두는 듣고 있는지
그루밍, 흐르는 침이 멈추질 않는다
앵두나무가 앵두를 놓을 수 있을까
앵두가 앵두나무를 놓아 버릴 수 있을까
한밤중에도 길어지는 그림자
숨이 정물처럼 굳어 간다

마단조 부음

절하는 사람의 허리엔 공중에서 웅크린 낙엽의 견고한
통증이 있다

혈흔도 발자국도 없이 낙엽과 몸은 늘 갑자기 진다

유성우에도 흔들리지 않는 가능성으로서의 멸종

나뭇가지처럼 꼿꼿해지는 사후강직의 차례가 올 때

안에서 몸 밖을 향해 후려치는 매질에
향은 얼마나 긴 여울을 만드는지

양각의 살갗에서 내려다보는 상처엔 붉은 깊이가 있다

당신이 멀어지는 속도

죽은 꽃을 눕히고 뒷걸음질 치는 보폭이거나
육개장 속 고깃덩이를 씹는 송곳니의 방향이거나

살을 씹어야 살이 오르는 살덩이가 중얼거린다 내가 죽은

건 아냐, 어느 날엔 키스에 몰두할 것이다

   직립으로 선 병원의 서쪽 하늘이 일렁인다 몸 깊숙이 재워
놓은 연기를 내뿜으며

뿔과 솜사탕

그를 묻던 날
논두렁에 묶인 염소와 놀았다
살을 뚫고 나온 뿔이 구름을 저었다
내 솜사탕은 커져 갔다

늘 잠들어 있는 그의 머리맡에
밥상을 두고 나오던
내 걸음엔 억양이 없었다

비바람이 흔드는 천막 아래
푹 익은 무에 박힌 틀니처럼
관을 멘 남자들은 젖은 비탈을 밟고 갔다
비가 그치자
양지바른 터에 노래가 주저앉고
염소가 떨군 검은 똥이 곱게 말라 갔다

늘 옆으로 누워 자던 그가
관 속에서도 모로 누워 있을 거란 생각
죽을 때까지 죽일 때까지

관을 묻은 남자들이 몽둥이로 땅을 두드리는 동안
나는 구운 고등어의 흰 살을
죽이 될 때까지 오래 씹었다

도깨비

모래 더미에 짓는 두꺼비 집은
방 하나뿐인 독채
자꾸만 젖을 뱉어 내는 아이를 어르듯
흙에 덮인 주먹을 두드리면
등 뒤에 서성거리는 장마
점심을 잊는다

들어낼 가구도 서랍 속 패물도 없는 빈방
그릇 박살 나고 머리채를 끌고 나가는
고함도 없이
주먹을 거둔다
부슬비에도 무너지기 위해 지은 집
벽과 천정이 달려들어
적막을 쫓아내던 집

두꺼비가 두꺼비 집으로 들어가는 것을
본 적 없지만
모래 더미 속 깨진 환타 병 조각은
손목을 긋기에 좋았다
어디로도 안 돌아가, 다짐하면

평생 등짝에 독을 업고 다니는지
구정물가에 엎드린 두꺼비
눈앞에 선 장마, 너희 집은 어디……

집으로 가는 길
집터에 닿는다

붉은 수수

이 마을엔 낮에 찔린 시신이 많다
개구리밥을 붉게 물들이고
먼 능선이 물 호스처럼 조여 온다
마을 회관 앞 삼거리
허리가 굽고 앞이 어두운 백발들
고성과 틀니를 바닥에 흘리며
집으로 돌아가는 골목을 또 잊는다
낫을 들고 집을 나선 노인이
빈손으로 돌아와
마루에 놓인 밥상을 물린다
풀 한 포기 안 자라는 빈속으로 흘려보내는
가뭄이 이 마을엔 흔하다
모깃불이 흔들리는 밤이면
철길을 건너는 아이를
침목에 묶어 둔다는 귀신도
얼마 전 마을에서 사라진 한 노인도
두렵지 않은 밤
이미 살아 버린 대낮을 게워 내는 밤
달까지 튄 핏자국이 어둠에 가려질 때
맨발로 마루를 디디는 그림자가 있다

불 꺼진 분교에서 들리는 풍금 소리
이 마을엔 이제 악몽을 꾸는 사람이 없다

휴일 수목원

목을 맸던 나무가 있다

천둥소리는 발톱을 쪼갠다

공중으로 솟구치는 폭우

펼쳐 든 우산 속에 누런 웅덩이가 고인다

침엽이 눈썹처럼 날아다니는 하늘

내 품에 없는 과녁을 향해

새들은 앙상한 부리를 겨눈다

생각이 따갑다

찌르고, 수없이 찔리는 오래된 적의(赤意)

지렁이가 뚫고 간 기억을 향해

앙상한 뿌리를 겨눈다

공중에 걸린 흐린 성

목을 맸던 나무처럼

한자리에 오래 서 있다

스푸마토 게이트

조강석(문학평론가)

1.

이범근 시인의 첫 시집에서 표면적으로 가장 먼저 눈에 띄는 것은 각 시에 붙은 제목과 본문의 관계이다. 제목들이 각별하다거나 아니면 나름의 일관성을 지니며 일정한 의미론적 체계를 구성한다는 것과는 다른 맥락에서 그렇다는 것이다. 그렇다고 해서 제목과 본문이 서로 교대로 안과 밖이 되어 주는 에르곤(ergon)과 파레르곤(parergon)의 관계를 띠지도 않는다. 양자의 관계는 작품에 따라 다양한 변주 양상을 보이는데 그 근저의 문법을 구성해 보이는 다음과 같은 작품을 우선 살펴보는 것이 좋겠다.

휘발하는 것에는 뿌리가 없지, 당신의 턱밑에 쌓이는, 잎사귀 아래를 파랗게 적시는, 솟구치는 폭우, 공중의 부음을 모두 끌어당긴 구근식물, 노을을 이고 가는 나비 떼, 뿌리가 없지

한 여자가 조여 온다, 집중은 슬개골에 있다, 감주를 흘
린 손바닥처럼, 끈적이는 열대야가 수렴되는 단 하나의 점,
여러 몸을 구겨 넣을 수 있는 여분의 빛, 난교 속에서 결정
이 된 소금을 삽으로 푸는 인부들, 이를 악문 몸과 몸의 틈
에서 뚝 뚝 간수가 떨어질 때

　　개구리를 밟아 죽였어, 손금이 바뀌더군, 파삭, 입안의 청
포도 사탕을 깨물어 먹었지, 그를 살려 두지 않을 거야, 허
파를 주무르고 있어, 제초제 병이 떠 있는 저수지에서, 얕은
씀바귀 넝쿨을 따라, 우린 성냥을 나눠 가졌어, 불을 댕겨

　　백합들이 익사한 행성을 떠나듯, 신음은 나선으로 몸을
탈출한다

　　이 시의 제목은 무엇일까? 각 연의 이미지들에 집중해
서 유추해 보자. 1연의 핵심 이미지는 휘발하는 것들을 '모
두 끌어당기는' 어떤 작용이다. 2연의 핵심 이미지는 집중
과 수렴과 압축이다. 그리고 3연은 갈라지고 터지고 깨어
지는 것들의 이미지로 되어 있으며, 4연에는 탈출의 이미
지가 간명하게 제시되어 있다. 우리는 이미지 연쇄가 때로
관념 상자에서 무작위로 추출한 표상들을 나열하는 방식으
로 무책임과 비논리의 형태를 띨 수 있음을 알고 있다. 해석
을 모두 독자에게 인계하는 데도 나름대로 지켜야 할 최소
단위의 의무가 있다. 겉으로는 아무런 연관이 없어 보여도

어떤 방식으로든 시의 내적 논리의 선을 그어 줘야 한다는 것이다. 앙투안 콩파뇽이 말라르메에 대한 폴 드 만의 논의를 소개하면서 "모호성과 현대성, 난해성과 사실성의 부재를 혼동하지 말아야 한다"(이재룡 역, 『모더니티의 다섯 개 역설』, 현대문학, 2008, p.86)고 말한 것에서 의미하는 바처럼 '모던한' 시에도 사실성을 전달하는 어떤 논리적 선이 존재하기 마련이다. 위에 인용한 시는 바로 그 임계에 놓여 있다. 본문에 제시된 이미지 연쇄가 어떤 내적 논리의 선을 형성하고 있는가를 가늠하기에는 이미지들의 관계 양상이 명료하지 않고 시 전체가 만드는 형상이 흐릿하고 모호하기까지 하다. 그런데…….

이 흐릿한 시계(視界)에서 형상을 건사하게 해 주는 것은 시의 제목이다. 흡인, 수렴, 파열과 확산, 탈출이라는 이미지 연쇄 끝에 우리가 도달하게 되는 제목은 바로 "가솔린"이다. 에너지를 흡입하고 압축했다가 이를 폭발시키고 가스를 배출시키는 과정을 생각해 본다면 시에 제시된 이미지 연쇄의 전모가 제목과 부합하고 있음을 확인할 수 있다. 그리고 설명의 편의상 제목을 마지막에 제시했지만 통상적으로 독서의 관행상 제목을 먼저 읽고 시를 읽게 될 것을 생각해 본다면 시에 제시된 이미지 연쇄의 관계를 파악하는 과정은 지금보다는 조금 더 수월할 것이다. 시인이 한 일은 어떤 운동 과정을 이미지 연쇄에 의해 표현하되 그것을 세필(細筆)로 백일하에 데생해 보이는 대신에 구도와 형상을 완성하고 마지막에 붓끝으로 화면을 슬쩍 문질러 둠으로써 이미지 연쇄의 결과를 흐릿한 화면 속에 남겨 두는 것이다. 전형적인 스푸마토(sfumato) 기법이 아닐 수 없다.

'연기 등이 사라지다, 없어지다'라는 의미의 '스푸마레 (sfumare)'라는 이탈리아어에서 유래한 스푸마토 기법은 레오나르드 다빈치에 의해 도입된 것으로 알려져 있다. 사물의 윤곽을 명확히 드러내는 대신 색의 연쇄에 따른 미묘한 변화를 통해 공간감을 강조하면서 화면에 깊이를 더해 주는 기법이다. 이범근 시인의 첫 시집을 읽으면서 우선적으로 떠오르는 것이 바로 이 스푸마토 기법이다. 인용한 「가솔린」 역시 이미지가 만드는 어떤 연쇄에 의해 대상을 평면적 의미의 세계로부터 일으켜 세워서 공간감을 불러일으키면서 독특한 감상의 지평을 열어 놓고 있다. 이 시집에서 본문과 제목의 관계에 대해 주목할 필요가 있다고 한 것은 이를 통해, 뚜렷한 윤곽 대신 흐릿한 이미지 연쇄에 의해 오히려 대상에 대해 새로운 깊이를 허용하는 언어가 이 시집의 주조를 이루고 있다는 것을 확인할 수 있기 때문이다.

저 여자가 나를 스치기 전에
한쪽 폐를 텅 비운다
바닥에 떨어진 그을음을 쪼아 먹는 비둘기들
내 젖꼭지가 다시 연록으로 물들면
건너편에서 흔들리는
원피스 자락을 들을 수 있다
신호등 속 남자는 피에 젖은 채 서 있고

그녀가 그를 사랑할 리 없다
숨을 오래 참은 우주가
무릎에 박힌 살구 씨앗을 끌어당긴다
그녀가 몰고 오는
먼 행성으로부터 도래한 얼음 조각과
멸종된 중력들
내일이 구부러진다

발길질에 날아가 버린
눈사람의 머리
아직 얼어붙은 흰 눈알을 휘휘 굴리며
그녀와 스치는 외계에 다다른다
자전을 멈춘 심장
엉킨 갈빗대 사이로 연무가 흐르고
나는 그녀의 땀구멍에 여러 번 드나든다
내가 녹은 물이 목젖에 고인다

—「횡단하는 몰골」 전문

　예를 들자면 이 작품은 신호등을 건너면서 반대쪽에 서
있던 한 여자와 우연히 스쳐 지나가는 순간을 날카롭게 포
착한 것인데 흥미로운 이미지 연쇄에 의해 그 순간을 우주
적 숨결이 만유인력을 새롭게 재편하고 그에 따라 사물의
관계 양상이 이 사건을 중심으로 정렬되는 것과 같이 화면
을 구성하고 있다. 단조로운 일상의 한 장면을 이미지에 의

해 채색하고 슬쩍 붓으로 문질러 둠으로써 오히려 비근한
장면에 원근법을 부여하는 양상이다.

2.

탕,
짐승의 목둘레로 힘줄이 일어선다
온몸을 떠돌던 뜨거운 피가 한쪽으로 바짝 쏠린다
산비탈을 딛고 있던 발톱이
언 땅에 더 깊이 박힌다
물러서려는 것도
나아가려는 것도 아니다
노란 동공 속으로
바람은 섬광보다 먼저 빨려 들어가고
팽팽한 직선에 닿은 싸락눈들이
화약처럼 타들어 간다
탄환은 바람이 지나간 길 위에서
뒤로 흐르는 풍경을 비튼다
한 점을 향해 구부정해지는
눈 덮인 능선과 새들의 행로
짐승은 움켜쥔 땅을 끝까지 놓지 않는다
소용돌이치는 풍경이
제 단단한 근육을 뚫을 때까지
뜨거운 소실점이 핏물에 떠 있을 때까지

거기서 새들은 찬 날개를 녹일 것이다

　　　　　　　　　　　　　　　—「설산의 원근법」 전문

　이 시를 통해 우리는 이범근 시인이 시적 데생에 능한 시인임을 충분히 확인할 수 있다. 눈 덮인 산에서의 사냥과 관계된 정황을 쉽게 떠올릴 수 있는 이 시에서 시인은 구체적 상황 속에서 상상적 화면을 구성해 냈다. 그리고 묘하게도 이 시의 원근법은 바로 그 시차에서 발생한다. 그것이 시적 데생의 힘이다. 특히 10행에서 16행, 즉 탄환이 날아가고 그 움직임 주위에 일어나는 일들과 그 귀결을 묘사한 대목에서의 필치는 예외적으로 수일하다. 한 발의 탄환과 그것의 적중에 의해 풍경이 기우뚱하는 장면을 포착하고 이를 데생하는 언어는 간결하고 적확하며 탁월하게 시적이다. 설산에서 발생한 단순한 하나의 사태가 원근법적으로 깊이를 확보하게 된 것은 그것을 상상적으로, 그러나 적확하게 묘사하는 데생 기량 때문이다. 우리는 이 시를 통해 이범근 시인의 시적 데생 솜씨를 어렵지 않게 확인할 수 있다. 그런데 그런 시인이 어떤 작품들에서 데생 대신 색채의 연쇄 끝에 붓으로 화면을 슬쩍 흐리는 스푸마토 기법을 발휘한다면 거기에는 아마도 까닭이 있을 것이다. 우선 다음과 같은 작품에서 그 의도의 일단을 짐작해 볼 수는 있겠다.

　엉거주춤한 기마 자세로 세숫대야에 머리통을 들이박는

　새벽, 고가도로에서 강물로 꼬라박은 승합차처럼

강물에서 끌어올려질 때 검은 물이 줄줄 흘러내리는

머릿속에 살던 사람들은 모두 수장되었거나 늙은 잉어들
의 살을 찌울 것이다

창문 틈으로 치고 들어오는 한기, 식은 국을 데우는 푸른
가스 불 앞에서 떠날 줄 모르고 나는 서 있다

물을 그을리는 불

국에 밥을 말아 목구멍으로 넘기면 내 안의 비포장도로
가 눈에 선하다

그릇에다 코를 들이박는 고양이들

현관문을 잠그지 않고 외출하는 오래된 버릇 누군가 내
삶을 몽땅 훔쳐 가 버렸으면 좋겠어 그를 잡지 않을 거야

지난밤 내가 토해 놓은 자리를 다시 지나가는 새벽
어제의 폭설이 미처 녹지 않은, 가장 뜨거운 별은 하얗
게 불탄다

　　　　　　　　　　　　　　　　—「백색왜성」 전문

이 시는 진술의 계열에 속하는 시이지만 여기에도 진술의 연쇄 끝에서 제목에 도달하는 경로는 있다. "가장 뜨거운 별은 하얗게 불탄다"가 진술의 연쇄 끝에 제목에 도달하는 가장 명료한 계단임은 짐작하기 어렵지 않다. 그러나 모든 연쇄 속에서 끝은 그저 과정의 일환일 뿐이듯이 이 문장 역시 종지부가 아니라 제목을 통해 진술과 대상 사이의 원근법을 조정하는 운동의 시작일 뿐이다. 새벽에 집을 나서는 이가 삶에 대해 떠오른 단상을 전개하고 있는 이 시의 내용들을 모두 자세히 풀어낼 필요는 없을 것이다. 그러나 "머릿속에 살던 사람들은 모두 수장되었거나 늙은 잉어들의 살을 찌울 것이다"라는 진술의 수일함은 인상 깊다. 더욱이 그것이 시의 서두에서 제시된 강 이미지의 연속선상에서 정합적으로 읽힌다는 것은 시적 논리의 설득력을 높인다. 그러나 무엇보다도 이 시에서 가장 수일한 대목은 "국에 밥을 말아 목구멍으로 넘기면 내 안의 비포장도로가 눈에 선하다"라는 문장이다. 이 선명한 이미지는 삶에 대한 구구절절한 토로를 효과적으로 대체한다. 그것이 이미지의 힘이다.

서정시는 자신의 말을 엿듣는 이에게 심회를 털어놓는 강도와 방식에 의해 규정된다. 세계를 흉중으로 끌어오는 언어, 나를 세계로 출사하는 언어 등이 모두 이와 관계된다. 그런데 이 젊은 시인은 선명한 이미지를 한 주(柱) 세워 둠으로써 세계의 수축과 초인적 출사를 무색하게 하고 있다. 여기서 저 "비포장도로" 이미지는 구체적 상황과 결부된 구체적인 이미지이면서 동시에 삶에 대한 백 가지 토로를 압

축적으로 대체하는 명료성을 띤다. 그 연속선상에 "백색왜
성"이라는 제목이 놓여 있다. 그리고 바로 이 대목에서 이
범근의 시적 스푸마토가 의도하는 것이 어림잡힌다. 그것
은 직정적 토로를 대리보충(supplement)하는 일이다. 그 단
적인 양상이 다음과 같은 시에 나타난다.

꿈에 이가 많이 빠졌다

오래 기르던 개를 끌어안는다

맑은 눈을 끔뻑이며

잇몸으로 내 손목을 문다

개에게 손목을 먹인다

종이학처럼 귀를 세운 채

어디선가 봉숭아 꽃잎 빷는 소리를 듣는 새벽

개의 눈동자에 묘목이 자란다

손목이 깊은 폐에 닿는다

깨진 질그릇들이 피에 엉겨 붙는다

세숫물에 노파의 틀니를 씻는 소녀 곁에서

꽃을 잃었다

거울 앞에서 크게 웃지 않는다

—「무화과」전문

시는 한밤의 혼몽으로 시작된다. 시의 내적 현실을 모두
고스란히 받아들일 태세로 시를 읽어 보자. 시의 중반부까
지는 사실 기술에 가깝다. 꿈에 이가 많이 빠졌고 꿈에서
깨어나 기르던 개를 끌어안고 손목을 물리는 대목이 사실
기술에 가깝다는 것은 그다음 대목에 제시된 "새벽"이라는
시간적 배경으로부터 유추될 수 있다. 그런데 시는 여기서
묘한 변화를 겪는다. 대개 흉몽으로 해석하는, 이가 빠지는
경험을 한 꿈에서 깨어난 새벽에 어디선가 "봉숭아 꽃잎 빵
는 소리"가 들려온다. 다시 한 번 상상적 시선의 원근법이
도입된다. 새벽에 어디선가 들려오는 소리를 "봉숭아 꽃잎
빵는 소리"로 한정할 현실적 근거를 찾을 수는 없기 때문
이다. 그 소리를 "봉숭아 꽃잎 빵는 소리"로 한정하는 것은
소리와 혼몽의 비전이 결합된 확신을 통해서만 가능하다.
그리고 "개의 눈동자에 묘목이 자"라는 것 역시 이 계열의
이미지와 관계될 것인데 이 계열의 이미지들은 반어적으

로 시 전체에 배인 망실의 정서를 키우는 데 기여하며 그렇기 때문에 이 시의 정서적 깊이를 확보하는 데에도 동시에 기여한다. "봉숭아 꽃잎 빻는 소리"는 시의 말미에서 "세숫물에 노파의 틀니를 씻는 소녀"의 이미지와 교차됨으로써 "노파"—"깨진 질그릇"—치아 망실 계열의 이미지와 선명한 대비를 이루기 때문이다.

그런가 하면 마지막 대목의 논리적 인과관계 즉, 꽃을 잃었기 때문에 "거울 앞에서 크게 웃지 않는다"는 것은 시의 첫 대목인 "꿈에 이가 많이 빠졌다"와 다시 결부된다. 이는 꿈속 현실이 현실의 심리적 자각으로 전화(轉化)했음을 의미한다. 이가 빠지고 그릇이 깨지는 상황과 결부된 이미지들의 연쇄는 망실과 관련된 어떤 허망한 심회와 결부되고 이는 꽃이라는 결실을 보지 못하는, 혹은 '꽃 없이 열매 맺는' 무화과라는 이미지로 귀결된다. 그리고 이 시의 제목은 그렇게 "무화과"가 된다. 따라서 이 시는 무화과를 여러 가지 비유적 이미지로 변주하는 시가 아니라 여러 이미지들과 심리적 정황들이 결부되어 '무화과'를 우리 앞에 내어놓는 시로 읽히는 게 옳다. 앞서 살펴본 「백색왜성」에 언뜻 내비친 스프마토 기법의 의도가 여기서는 더욱 확연히 드러난다. 어떤 우회와 대리보충일 것이다.

3.

이미지 연쇄와 제목 사이의 거리 조정, 다시 말해 대상과 언어 사이를 붓으로 흐려 놓는 기법은 첫 시집임에도 성

장의 이력과 삶에서 느끼는 청년 특유의 과장된 비애를 선
뜻 찾아보기 어렵게 만든다. 그러나 그렇다고 해서 "안으
로 숨긴 불길이 바깥을 태우는"(「개기식(皆旣蝕)」) 현장을 전
혀 포착할 수 없는 것은 아니다.

①

　놀자고 부르는 아이들과는 놀지 않았다 공사장 모래언덕
에 자주 손을 묻었다 두껍아 두껍아 헌 집과 새집 다 내가 가
질게, 빈 두꺼비 집에 지문을 두고 집으로 돌아간 날 아무리
방문을 잡아 당겨도 열리지 않았고 나도 열어 주지 않았다

　어머님 애는 매일 손금이 바뀌어요 손바닥을 때리다 말고
선생님, 집엔 아무도 없는데 누가 전화를 받은 걸까 그때 톱
밥 난로 위에 깨금발로 서서 튀어 오르는 발목이 보였다 오
늘도 강둑을 걸어 집으로 가니, 물었고 나는 대답이 없었다
　　　　　　　　　　　　　　　　　　　—「일교차」 부분

②
모래 더미에 짓는 두꺼비 집은
방 하나뿐인 독채
자꾸만 젖을 뱉어 내는 아이를 어르듯
흙에 덮인 주먹을 두드리면
등 뒤에 서성거리는 장마
점심을 잊는다

들어낼 가구도 서랍 속 패물도 없는 빈방

그릇 박살 나고 머리채를 끌고 나가는

고함도 없이

주먹을 거둔다

부슬비에도 무너지기 위해 지은 집

벽과 천정이 달려들어

적막을 쫓아내던 집

—「도깨비」 부분

  인용한 두 작품들은 오히려 이 시집에서 예외적인 경향
에 속한다. 왜냐하면 스푸마토 처리되지 않고 삶의 내력이
비교적 선명하게 드러나기 때문이다. 물론 두 작품에 공통
적으로 드러나는 체험이 시인 자신의 것인지 아니면 극적
화자의 것인지 확정할 수는 없다. 그러나 설령 시적 대리인
의 것이라고 해도 이 작품들에서처럼 이렇게 직접적으로
이력이 진술되는 것은 이 시집에서는 이례적이다. 친구들
과 어울리지 않고 홀로 보내는 시간, 넉넉하지 않은 살림,
새로운 집에 대한 열망 등이 공통적으로 두꺼비 집이라는
이미지에 의해 표현되고 있는데 이 장면들은 스푸마토 처
리된 정서의 밑그림에 해당하는 것으로 봐도 무방할 듯싶
다. 왜냐하면 이 시집에서 스푸마토 기법에 의해 우회적으
로 가공되어 있지만 직접 체험을 대리보충하는 이미지 연
쇄를 통해 거듭 감지되는 것이 어떤 격절감이기 때문이다.

①

잠 바깥에서 잠들려 서성이는

뿌연 머리카락으로 바람을 당기는 늦은 영혼

—「연착」부분

②

근데 울진 삼척 고속도로를 달리는 심야버스 안에 있던
네 시간 동안 손바닥으로 자꾸 차창을 문지른 이유가 뭐죠?
저는 버스 창밖에 있었기 때문에…… 버스 바깥에 있었다
구요? 네 그렇습니다 창밖에서 뭘 했죠? 글썽였습니다 흘
러가는 것은 글썽이지 않으니까…… 제보에 따르면 그날은
비가 왔고 증인은 그날 아침 검은 우산을 주웠어요 맞습니
까? 우산은 거짓말을 합니다 뼈를 자꾸 살이라고…… 백설
기 씨의 살은 뼈가 아니라고 생각합니까? 대답하기 힘듭니
다 아까 분명 백설기 씨를 모른다고 했는데 백설기 씨는 글
썽이는 편입니까 흘러갑니까 기억나지 않습니다 글썽이는
것이 뼈입니다

—「게이트」부분

이 구절들을 "안으로 숨긴 불길이 바깥을 태우는" 심회
의 대표 단수로 기입해 둔다. 첫 시집을 내는 청년 시인의
서정적 시집이 세계의 주관적 관념화나 세계로의 정서적
투사 혹은 짙은 채색으로 기우는 대신 세계와의 거리를 팽
팽하게 유지할 수 있었던 비결은 시집 곳곳에 배어 있는 어

떤 격절감 때문이다. 안에서 바깥을 상상하고 바깥에서 안을 들여다보는 눈을 상정하는 내면에 가장 어울리지 않는 것이 동화(同化)니 이화(異化)니 하는 것들이다. 이미지 사유의 맥락에서는 이런 말들조차 번거로울 따름이다. 왜냐하면 우산살이 우산의 뼈이듯 "글썽이는 것이 뼈"이기 때문이다. 시집 마지막에 실려 있는 시의 제목처럼 우리는 이 문을 통해 드물게 이채로운 시의 집을 나설 수 있다. 이 시적 사건을 스푸마토 게이트로 명명한다.